Thomas Bizien

Nous, les **enfants** de 1988

De la naissance à l'âge adulte

Éditions Wartberg

Mentions légales

Crédits photographiques :

Archives personnelles, p. 5-7, 9-11, 13, 14b, 18-20, 21b, 22, 23b, 25, 27-31, 33, 35, 37, 39, 41, 43-44, 47-49, 51, 53, 54h, 55, 57, 59, 61b, 62-63.
© Gil Lesage, couverture.
© Picture-alliance / dpa, p. 15, 21h, 38, 46, 54b, 61h ;
Picture-alliance / APA / picturedesk.com, p. 8 ; Picture-alliance / Martina Hellmann, p. 12 ;
Picture-alliance / Photoshot, p. 14h, 60 ; Picture-alliance / dpa - epa, p. 17 ;
Picture-alliance / maxppp, p. 23h, 34 ; Picture-alliance / ZB, p. 24 ;
Picture-alliance / Tone Koene, p. 26 ; Picture-alliance / Schroewig / Graylock, p. 32 ;
Picture-alliance / dpa - Fotoreport, p. 36, 45 ; Picture-alliance / Cultura RM, p. 42 ;
Picture-alliance / united archives, p. 50 ; Picture-alliance / Revierfoto, p. 56 ;
Picture-alliance / empics, p. 58.

Nous remercions tous les ayants droit pour leur aimable autorisation de reproduction.
Dans le cas où l'un d'eux n'aurait pu être joint, une provision de droits est prévue.

4e édition, 2014

Un département de
Wartberg Verlag GmbH & Co. KG.
Im Wiesental 1
34281 Gudensberg-Gleichen
Allemagne

Conception graphique : Ravenstein & partenaires, Verden.
Imprimé en Allemagne sur les presses de Thiele & Schwarz, Kassel.

ISBN : 978-3-8313-2588-7

Préface

Chers enfants de 1988,

Si les boulangeries d'aujourd'hui vendent encore des « couilles de mammouth », à l'époque, on les payait en francs. En sortant 20 centimes de notre portefeuille à scratch. Et en faisant attention à ne pas laisser s'envoler notre carte de détective Mickey Mystère. Au risque de devoir appeler les Intrépides à l'aide…

Nés en 1988, un quart de siècle s'est écoulé depuis notre venue au monde. Et il commence à être urgent de faire les comptes. À base de « Popopopop » et de « Ta mère elle est tellement grosse… », allons batifoler à la bonne franquette, ou plutôt À la bonne fourchette, le restaurant des parents Dubouchon, toujours sur les talons de Tom-Tom et Nana. Et, adulescents que nous sommes, rembobinons une dernière fois, au crayon, la cassette du live d'Henri Dès à l'Olympia. Histoire de chanter avec lui *Galipette bobinette.*

Séquence souvenirs. Biberonnés aux séries télévisées, on a joué sur le premier modèle de la Game Boy, une machine en noir et blanc si énorme qu'elle ne fonctionnait qu'avec quatre piles. On y a tenté la grande traversée en solitaire des briques Tetris. Mission tout aussi importante que celle qui consistait à garder en « vie » son Tamagochi, une petite bestiole sortie d'un œuf qui couinait pour dire « J'ai faim », « Caca » ou « Je suis mort ».

Nostalgie garantie. Dans nos premières boums, les filles s'essayaient à des chorés sur le *Do Wap* des frères Hanson. Quand il fallait venir déguisé, on s'habillait d'un t-shirt jaune en croyant imiter Pikachu, cette créature hybride avec une queue en forme d'éclair. Mais c'est à peine si l'on ressemblait à Petit Poussin, un puceau grinçant à la chemise blonde rencontré dans « Le Groupe », sitcom post-pubère diffusée par la seconde chaîne.

Des tétines à « Skins », ce livre dépoussière nos souvenirs. Plongés dedans, il nous faudra prendre garde à ne pas crier « Wazaaaaaa ! » au prochain qui a le malheur de nous passer un coup de téléphone.

Thomas Bizien

Le cocon **bleu** comme une **orange**

Mes doudous, les couches et moi

Au milieu d'une jungle de bouquets de fleurs, une petite chose hurlante attend de pouvoir s'endormir. Dans la salle d'accouchement, la voici emmitouflée dans des linges blancs. Après avoir trouvé les bras de sa mère, elle ouvre les yeux vers ce qui l'entoure : l'horizon est dense. Aperçu succinct mais intense du monde que l'on s'apprête à investir.

Le monde n'est pas né de la veille. Courent dans les rues adjacentes un commissaire de police effectuant une mission sur les banlieues, le patron d'une petite radio libre, un métallo communiste et un haut fonctionnaire chargé des réformes portées par le PS. Ça fourmille, ça papote. Le monde s'agite sans nous avoir attendus. En 1988, Mitterrand rempile pour un second mandat, la Bourse explose, les Restos du Cœur ont trois ans, SOS Racisme, quatre. Et des députés FN siègent à l'hémicycle depuis 1986.

Chronologie

18 avril 1988
Les Chroniques de la haine ordinaire et *Le Tribunal des flagrants délires* perdent leur humoriste d'auteur, Pierre Desproges.

22 avril 1988
Après l'attaque d'une gendarmerie d'Ouvéa (Nouvelle-Calédonie) par des indépendantistes kanaks, 16 gendarmes sont retenus dans une grotte jusqu'à l'assaut des unités d'élite venues de métropole, le 5 mai. Le bilan de cet épisode sanglant est de 25 morts.

8 mai 1988
Réélection de François Mitterrand (54 %), opposé au second tour à Jacques Chirac (46 %).

26 juin 1988
L'Airbus A320 de la compagnie Air France s'écrase lors de sa première démonstration publique. Volant trop bas et trop près des arbres, le pilote n'aurait pas suffisamment lâché les gaz. Trois morts.

1989
Tout juste sorti des garages, Nirvana sort son premier album, *Bleach*. Une fracture grunge dévergonde Seattle.

14 juillet 1989
À grands coups de bonnets phrygiens et de cocardes tricolores, Jean-Paul Goude met en scène le bicentenaire de la Révolution française.

9 novembre 1989
Les Allemands de l'Est ouvrent des brèches dans le « Mur de la honte ». Les derniers brontosaures communistes fuient vers l'URSS dans des limousines aux allures de corbillards.

1990
En Argentine, après dix-sept ans passés au pouvoir, Augusto Pinochet accepte une cohabitation politique avant de reconnaître à demi-mot une partie des méfaits commis lors de sa dictature militaire.

20 janvier 1990
George Bush succède à Ronald Reagan à la présidence des États-Unis.

31 janvier 1990
Ouverture du premier McDonald's à Moscou.

2 août 1990
Invasion du Koweït par l'armée irakienne de Saddam Hussein. Les forces de la coalition, États-Unis en tête, changeront la donne.

21 décembre 1990
Fermeture de la dernière mine de charbon du Nord-Pas-de-Calais. La France se désindustrialise.

Cuite de cigogne.

Mais revenons d'abord à nos berceaux. Pour l'heure objets de tous les soins, nous suscitons l'admiration et maintes attentions. Nos parents, la trentaine en moyenne, se plongent dans la lecture de guides d'éducation. Plus vibrants les uns que les autres, ceux-ci portent des titres aussi sophistiqués que *L'Éveil artistique du nourrisson*, *Enseigner l'anglais au berceau*, *Le Développement musculaire du nouveau-né*... Et qui veut mettre ces conseils en pratique, fera entrer son enfant dans la course au

Reproduction intensive et *colorful leggins* : génération *80's*.

savoir. Déjà pressés, on apprend vite et sur tous les sujets. On s'étire au babygym. On articule chez l'orthophoniste. Nos capacités d'apprentissage sont sans limites.

Toujours collés à nos basques, Papa et Maman nous pouponnent. Un peu bébêtes, ces parents poules qui s'excitent et deviennent babas devant le moindre de nos gui-guis ? Peut-être, mais tout le monde s'y met. Si couver son enfant pouvait paraître un brin ridicule dans les années 1980, où chacun devait se montrer fort et détaché, on se recentre sur la sphère familiale à la décennie suivante. Le lien parent / enfant se renforce, avec pour mot d'ordre « Soyons à l'écoute de notre bébé ». Et pour rester au plus proche de sa progéniture, on nous porte à même le corps, enroulés dans de grands tissus comme le font les mères péruviennes. À la plage, on nous promène dans un panier en roseau aménagé en couchette pour l'occasion. Partout, on dit adieu aux vieux landaus à roulettes, remisés en réserve du musée des Berlines.

Au cœur du vocabulaire de la génération Mitterrand, « l'authenticité ». Nos parents éprouvent le besoin de se réconcilier avec eux-mêmes, de s'accepter tels qu'ils sont, avec leurs défauts et leurs qualités. On commence à parler de bien-être intérieur, de développement personnel…

Par ailleurs, devant nos petits minois, nos parents prennent conscience des dangers de la pollution et se mettent au développement durable. Il s'agit désormais de sauvegarder les ressources pour les générations futures. On s'intéresse à la médecine douce, à la méditation. Le yoga devient la nouvelle religion des années 1990. Au boulot, c'est l'avènement de la « pause maté ».

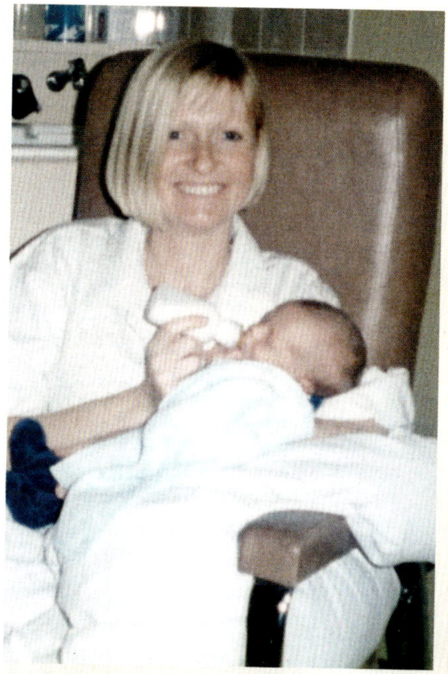

Le biberon libère la femme.

Les assos à l'assaut du monde

En mai 1990, trois cents surfers aux tenues fluo et aux cheveux brûlés par le sel rament sur leurs planches pour remonter la Garonne jusqu'à son embouchure. Leur but est de sensibiliser l'opinion sur la pollution croissante de l'océan. Devant les caméras de télévision, les participants, tous membres de l'association Greenpeace, dénoncent avec force, entre autres, l'inefficacité des stations d'épuration. « Les surfers jouent les cobayes, commente l'un d'eux, il arrive que nous nous retrouvions atteints de drôles d'otites ou d'angines que rien ne justifie. » Revendicative, la décennie 1990 marque l'entrée dans le débat public de groupes de pression indépendants, qui parviennent à médiatiser leurs revendications. Des petites associations aux ONG, leur parole et leurs prises de positions sont davantage écoutées. Au point que certaines d'entre elles finissent par représenter un vrai contre-pouvoir. Créés à la toute fin des années 1980, les Restos du Cœur, Reporters sans frontières ou encore SOS Racisme jouent un rôle d'observateur. Et jouissent du tampon « Association reconnue d'utilité publique ». En cas de dérive manifeste, leur pouvoir est similaire à celui d'instances plus officielles, comme la Halde pour SOS Racisme.

Le prochain Sacha Baron Cohen.

Les années sida

Dans les années 1990 en trombe, le sida continue d'être une hécatombe. Le virus, découvert en avril 1984 par l'équipe du professeur Luc Montagnier de l'Institut Pasteur, est alors mal connu, incurable et redouté. La « consultation du soir », créée en 1988, ne désemplit pas. Les malades souffrent du poids du tabou et de ce qu'ils repèrent sur leur visage et leur corps comme des signes évidents de l'aggravation de la maladie.

Bien des malades s'isolent, refusant de sortir ou de se montrer. Freddie Mercury, chanteur du groupe Queen, se sait atteint du virus dès 1987. Redoute-t-il de perdre des fans ou d'inquiéter ses tourneurs ? Il n'annoncera sa maladie qu'en 1991, un jour avant d'en décéder.

Hervé Guibert, écrivain et photographe proche de Michel Foucault, également victime de la maladie, est l'un des premiers à porter à l'écran un témoignage sur le sida. Avant d'en décéder en 1992, il filme son corps et se livre à ce qu'il nomme lui-même un « viol thérapeutique ». La Pudeur ou l'Impudeur, *le film qu'il réalise, parvient à faire évoluer le regard que porte le grand public sur la maladie.*

Première gorgée de bière.

Mitterrand, botte et campagne

Si l'élection du 10 mai 1981 avait été vécue comme triomphale, sept ans plus tard, « Tonton » Mitterrand tire un peu la tronche. Après les débuts bénis des années 1980, « La France tranquille » vacille. Les grandes réformes qui ont fait le prestige du président socialiste – l'abolition de la peine de mort, les lois sociales, la construction européenne... – sont derrière lui. Pour contrer l'explosion du chômage, le PS mène une politique de rigueur. Et se faufile entre l'instrumentalisation du FN, les affaires d'écoutes et les innombrables crises internationales.

À l'est, ça se bouscule. Le mur de Berlin tombe en 1989 ; l'URSS s'effondre en 1991. Comme nos parents, le Président est bousculé par la rapidité avec laquelle le bloc communiste se disloque, et peine à suivre. Confronté aux exactions commises par les Serbes, anciens alliés historiques de la France, en Bosnie-Herzégovine, il donne la même impression d'avoir du mal à sortir de schémas géopolitiques obsolètes. Dans son habit de chef de guerre, le Président explique aux Français pourquoi leurs soldats ne doivent pas aller se battre en Yougoslavie, et laisse commettre le génocide bosniaque.

Baby dj's, en scratch se voltige.

Tchernobyl, trois ans après.

En France, nos parents profitent des réformes sociales mises en place par Pierre Mauroy. Semaine de travail à 39 heures, cinquième semaine de congés payés... Avec des loisirs à gogo et un ministère du Temps libre, le farniente devient la norme du bien savoir-vivre. Au point que le sociologue Alfred Grosser se demande si la valeur dominante des années 1990 n'est pas le « non-travail ». Si la réussite sociale demeure importante, le travail a perdu de son attrait. Il faut réussir professionnellement, certes, mais tout en restant oisif, épanoui, en soignant son corps et en voyageant beaucoup.

Du « Changer la vie » que promettait le Parti socialiste en 1981, on passe ainsi à un « Changer sa vie » bien moins engageant. On veut aller voir ailleurs, fuir un monde fragilisé et livré à la désillusion, à l'inquiétude et au doute.

Le maillage de la planète par les compagnies de vol *low cost* rendent les destinations lointaines accessibles à tous : nos parents en profitent pour prendre le large et parlent sans arrêt de voyages. Au point que ce sujet devient une modalité de l'insertion sociale et instaure un mimétisme compétitif dans les conversations mondaines – « J'ai fait Bangkok – Moi je reviens de Sydney, j'y étais hier, c'était fun »... Quitte à faire de la Terre entière un « village-monde », notion qui attise les débats des *nineties*.

Même chez lui, l'Européen aime à se vêtir comme s'il était sur le départ. Il porte des Timberland au boulot, des coupe-vent Aigle le dimanche. Il mange du boulgour, du quinoa, de l'huile d'olive pressée à froid. Parfois un gaspacho en entrée et du tofu grillé au déjeuner. Entouré d'aliments aux consonances exotiques, cet Européen-là n'aime visiblement rien tant que rester chez lui pour jouir des fruits de ses découvertes, achetés au supermarché du coin,

Pas né de la dernière pluie.

dans un cadre confortable. *Le Guide du routard* dans la poche, il envisage d'intégrer une communauté d'expat' et dit vouloir tout quitter pour fonder une communauté. Avant de fonder des communautés pour tout accumuler.

Plus accessible, la campagne, c'est chic. Et le « retour à la terre » n'est pas qu'un mythe. Beaucoup y pensent, certains sautent le pas ; le *nec plus ultra* consistant à ouvrir un gîte rural, bâti de manière éco-responsable. Mais pour ces néo-ruraux, pas question de retrouver le style de vie paysan. Avec les possibilités qu'offre le télétravail, ils peuvent exercer la même activité depuis la campagne.

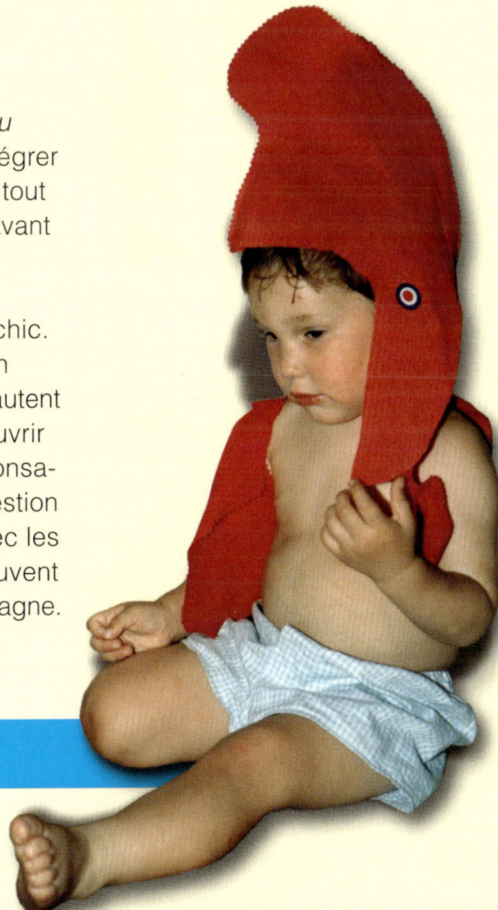

Révolutionnaire en herbe.

Trouver chaussure à son pied.

Bernard et son Tapie volant

Communication politique, conseil en image… Le début des années 1990 voit débarquer des métiers d'un nouveau genre, parmi lesquels celui de coach, en plein essor. Dans les entreprises, ces formateurs assurent le show entre deux tableaux Excel et fournissent aux cadres des clefs pour s'améliorer. Leur modèle ? La méthode « Tapie volant», pour le sabir et le franc-parler de l'homme d'affaires Bernard Tapie. Décontracté et rentre-dedans, ce dernier rompt avec le style des tenants d'une politique plus traditionnelle. Au départ chanteur de variétés sans grand succès, il se révèle un investisseur de talent : il s'intéresse à Canal+, à Adidas, et rachètera même l'Olympique de Marseille au sommet de sa forme. Il lui fera gagner la Ligue des champions en 1993 et inventera dans la foulée le « mythique » duel Paris / Marseille pour augmenter les ventes des tickets.
Tandis qu'il excelle en relations publiques, son entrée fracassante en politique fera jaser. Nommé ministre de la Ville, il se voit inculpé de recel et abus de biens sociaux et inquiété par l'affaire du Crédit lyonnais. Contraint à la démission, ce baroudeur touche-à-tout enchaîne gros coups sur vrais déboires. Tapie, moral d'acier dans un corps d'airain, reste la figure incontestée du battant de cette fin de siècle.

Papa in, papa out

Dans les années 1980, certaines catégories de population se sont embourgeoisées. Famille forte, enfants protégés, rêves de propriétaire : les modes de vie des classes aisées s'imposent à l'ensemble du pays comme la voie évidente du bonheur. Les BCBG portent lodens, marinières et foulards Hermès, et ne s'autorisent que quatre couleurs – ou plutôt quatre « nuances » – indigo, gris chiné, mastic et anthracite. Très « comme il faut », ils restent polis en toute occasion, fument avec classe et se montrent souvent conservateurs. Mais à la bourgeoisie qui voulait « bâtir », succède le modèle d'un bourgeois consommateur, amateur des plaisirs de la vie. Beaucoup s'essaient ainsi à acheter une résidence secondaire, à mettre leurs enfants dans une bonne école, à boire du bon vin, à jouer au tennis, au golf et au Trivial Pursuit.

Pour ce qui est des classes laborieuses, tout est en déclin : les syndicats, les mythes ouvriers, la presse populaire… En ce début de décennie, on n'a que l'« innovation » à la bouche. La « créativité » si chère à Jack Lang est chantée partout et mise au service de l'entreprise France.

Nos parents, eux, délaissent leurs origines. Ou plutôt, s'en inventent de nouvelles. Les plus branchés n'aiment que l'« avant-mode » et se paient des tenues de créateurs – Gaultier, Mugler, Alaïa. Ils sortent en boîte, par exemple

Guili torture & surf dorsal.

Classe Gaultier, rire de Caunes.

au Palace à Paris, partent en bande se raconter des blagues au cap d'Agde, mangent des plats en sauce, s'habillent de vestes fluo aux épaulettes démesurées. Ils fréquentent les derniers restos thaïs, dont ils trouvent la soupe à la citronnelle « géniale ». Ils parlent archi et free-jazz, achètent des dessins de Robert Combas, roulent dans des voitures suréquipées où ils rechignent à faire monter Sultan, leur berger allemand. Ils travaillent dans la mode, le stylisme, la communication, la publicité, la presse magazine, les clips, les galeries d'art, l'immobilier standing. Ils se veulent anticonformistes, contre-culturels.

Cruauté parentale s'exprimant par le pull.

Travailler plus, certes. Mais pour quoi faire, des loisirs ? Le blasé chic, découvrant subitement que la société n'a pas de buts à lui offrir, cède à un cynisme profond et désillusionné. Un mal-être esthétisé se répand. Bien qu'encerclant leurs yeux jusqu'au front, les lunettes rondes ne cachent plus la lassitude de leurs propriétaires face aux enthousiasmes et aux bêtises chroniques de leur époque. Ils portent comme en réaction ces laines trop larges aux motifs de rennes qui s'effilochent. Habillé tout de noir comme pour incarner la figure du désespoir, le crooner de la vanne, Thierry Ardisson, est l'un des chefs de file de cette génération fièrement blasée. Mais branchée.

Repris et entretenu par les émissions de la chaîne cryptée, ce ton volontairement décontracté oscille entre information et divertissement. Avec des émissions phares comme « L'Événement du jeudi », présentée par Jean-François Kahn, la quatrième chaîne ouvre la voie à un franc-parler chic au cynisme assumé. Sa grille couvre des programmes allant de la mode à la politique. Créée en 1987, l'émission « Nulle part ailleurs » rencontre un vif succès. Philippe Gildas restera plus de dix ans à ses commandes, et fera découvrir au public une nouvelle génération d'humoristes. Parmi eux, Antoine de Caunes et José Garcia, dont les sketchs et parodies font hurler de rire bien des familles à l'heure du dîner.

Soirée lancer de plateau.

1991-1993

Tout seul comme un grand

« Ceinture noire de judo »

« Et moi Maman, je peux faire ma vie ? » Voir chaque matin ma grande sœur partir à l'école a le don de me faire enrager. Existe-t-il un autre endroit sur terre que ce lit à barreaux où je désespère ? Un autre lieu de verdure que le square limitrophe au quartier ? Il me faut en avoir le cœur net : à 3 ans, j'enfile mon plus beau t-shirt pour rencontrer ma première maîtresse, Martine, comme le livre un peu nunuche que nos parents nous forcent à lire.

Assis au milieu d'une rangée d'enfants bruyants, je n'ai pas bien compris qu'entrer à l'école nécessite de se séparer de ses parents. Et je surenchéris sur le bal des pleurs d'une colère sonore. Ce qui semble impressionner la toute jeune institutrice, un brin désemparée par sa première prise de poste.

Chronologie

10 janvier 1991
Entrée en vigueur de la loi Évin, qui introduit l'interdiction de fumer dans tous les lieux affectés à un usage collectif.

25 avril 1991
Début de l'affaire du sang contaminé.

Juin 1991
À l'issue de la guerre des Dix Jours, la Slovénie fait scission avec le bloc yougoslave. Suivront l'indépendance de la Macédoine, de la Croatie et de la Bosnie-Herzégovine.

16 octobre 1991
L'opposante birmane Aung San Suu Kyi reçoit le prix Nobel de la paix. Il ne lui sera remis qu'en 2012, après sa libération (en 2010) de son assignation à résidence surveillée.

26 décembre 1991
Mikhaïl Gorbatchev démissionne de son poste de président de l'Union soviétique et dissout formellement cette dernière le lendemain. Boris Eltsine sera le premier président de la nouvelle Russie.

27 mars 1992
Vingt ans avant celle d'Aulnay-sous-Bois, l'usine Renault de l'île Seguin, à Boulogne-Billancourt, ferme ses portes.

12 avril 1992
Inauguration, à Marne-la-Vallée, de Disneyland Paris.

29 avril 1992
Aux États-Unis, après l'acquittement de quatre policiers blancs accusés d'avoir passé à tabac un automobiliste noir, de sanglantes émeutes font 55 morts et environ 2 300 blessés en cinq jours, dans la ville de Los Angeles.

20 septembre 1992
La France ratifie par référendum le traité de Maastricht. La construction de l'Union européenne s'accélère.

13 mai 1993
Affaire de la maternelle de Neuilly : Nicolas Sarkozy négocie avec le preneur d'otages.

26 mai 1993
L'Olympique de Marseille remporte la ligue des champions.

13 septembre 1993
À l'issue des accords d'Oslo, Yasser Arafat et Yitzhak Rabin échangent une poignée de main devant Bill Clinton et laissent renaître l'espoir de l'établissement d'une paix durable au Proche-Orient.

Scène de séduction au Salon de l'agriculture.

Ensuite, trou noir. Qui se rappelle d'ailleurs de ses années de maternelle ? Y a t-on même appris quelque chose ? Un coup d'œil rapide sur Internet suffit à vérifier qu'il existe bel et bien un programme encadrant ces trois premières années. « Apprendre à se diriger dans l'espace », « Apprendre à agir en tant que personne »... Tout un tas de trucs qui, formulés ainsi, nous paraissent bien utiles aujourd'hui.

En petits groupes de travail, par table de six ou sept places, on passe nos journées à faire des dessins. Bien réalisés, ils tendent à ressembler à des lettres. On découvre des formes et des matières. Armés de nos ciseaux à bouts ronds, on découpe des étoiles dans du feutre vert. Quand vient le moment de les coller, le petit pot de colle à l'amande, avec son bâtonnet au milieu pour l'étaler, est ce qu'on préfère au monde. Qui n'a jamais mangé cette colle à l'odeur si agréable ? Qui n'a pas déprimé lors du passage aux bâtons de colle Uhu ?

Après l'exercice, séance de lecture obligatoire. Pas encore tout à fait au point en déchiffrage, on croit dire bonjour aux « ours scolaires » et on prend les tortues pour des fruits de mer. En fin de journée, on chante des comptines en anglais. « Happy birthday to you… » Ou le refrain de *Let it Be* des Beatles : « Lady Pi, Pipi Pi, Lady Pi… » Notre prononciation est si mauvaise qu'on finit par nous emmener aux toilettes.

On connaît les choses d'instinct plus qu'on ne peut vraiment les nommer. Le chiffre 16, par exemple. C'est le premier qu'on a su repérer sur une horloge. 16 heures, c'est l'heure de la sortie des classes. Coïncidence ? Même petit, on maîtrise déjà bien la notion de « service minimum ». Et quand arrive la fin de notre journée, on trépigne d'impatience pour aller au parc du coin.

Les parcs, parlons-en. Tous ne sont pas pareillement dotés, mais certains recèlent des infrastructures dignes des meilleurs parcs d'attractions. Toboggan, balançoire, tyrolienne, et même une araignée géante sur laquelle on peut faire le poirier à cinq mètres de haut. On s'y balance la tête en bas pour regarder la ville à l'envers.

Descendu du perchoir, on gonfle un peu le torse. « Kiai ! Mon père est ceinture noire de judo ! » L'autre répond du tac au tac : « Et le mien, double dan ! » À cet âge-là, tous les papas sont agents secrets, champions de karaté ou généraux

Je gare ma grosse et t'en mets une.

Trouver la clef.

militaires. Dans nos têtes d'enfants, ils pourraient s'affronter pour défendre notre honneur dans des combats de titans, inspirés de nos mangas préférés. Nos pères, ces héros.

Vous avez la carte du Club Dorothée ?

Souvent les premiers levés, nos grilles dédiées se situent dans la première tranche de la matinée, de 6 à 10 heures. Bol compact de céréales dans une main, renfort de pains au chocolat dans l'autre, on s'installe tout confort sur le canapé, et enchaînons les programmes... Jusqu'à ce que l'un de nos parents vienne nous demander de trouver un moyen plus intelligent d'occuper nos journées. Enfin, en attendant qu'ils s'énervent, on peut se jeter sur la pléiade de dessins animés spécialement conçus pour notre naïveté prépubère. Qui d'autre que nous serait d'ailleurs à même de penser qu'il existe un cinquième mousquetaire, de surcroît prénommé Albert ? Qui d'autre pourrait croire que la longueur réglementaire d'un stade de foot est de trois kilomètres ? Et qu'il serait normal qu'une pente se trouve au milieu ? Comme si les attaques d'Olive et Tom étaient pareilles à une expédition dans un col de haute montagne…
Sur la première chaîne, on peut toujours compter sur le « Club Dorothée » et son animatrice éponyme. Durant ses dix années d'existence, l'émission investit largement la grille des programmes de TF1, allant jusqu'à monopoliser près de trente heures d'antenne hebdomadaire. « Club Dorothée » avant l'école (7 h 20 – 8 h 30), après l'école (16 h 35 – 18 h 00), « Club Dorothée vacances », « Club Dorothée Noël », « Club Dorothée mercredi » (8 h – 18 h !) – une surdose de Dorothée, qui nous amène à ne plus pardonner au générique de ne pas nous souhaiter un joyeux anniversaire.

Nounou d'enfer ou maman d'amour ?

Vis-à-vis de notre nounou, l'attachement affectif est immense. Quand nos parents partent pour leur mystérieux travail, elle est là pour nous accueillir, nous nourrir et jouer avec nous. Parfois tante ou grande sœur, on croit pouvoir être toujours heureux avec elle. Au point que le soir, il devient difficile de la quitter. Notre mère, inquiète, se demande si on ne lui préfère pas notre nounou. Pourtant, même petit, on sent bien la différence. On est lié à notre mère par des liens qui n'ont pas d'équivalent : on le sait et on la sent. Oui, notre nounou est disponible et patiente et notre mère toujours pressée, mais elle, elle a cette voix que nous reconnaîtrions entre mille, cette odeur, cette façon de faire les bisous... C'est Maman : elle est unique.

Rien de mieux que la fête des mères pour le lui montrer. Tout excité à l'idée de la gâter, on lui prépare une surprise en classe. Selon les années, collier de nouilles, broderie en forme d'attrape-rêves ou calendrier orné d'une photo de notre petite bouille. Pour l'occasion, les plus téméraires apprennent par cœur l'un des fameux poèmes de Maurice Carème. « Rien n'est plus doux que la joue de ma maman » : évidente simplicité, à laquelle nous adhérions sans peine.

Mange ta soupe

Au royaume du Lego, la brique est reine… Et la reine est en briques. À quatre pattes, on passe une grande partie de notre enfance à manipuler ces petits blocs de plastique. Et une autre partie, non négligeable, à hurler de douleur après avoir marché pieds nus sur l'un d'eux.

Mais avec les Lego, on bâtit des forteresses imprenables, des cargos de gangsters ou des « féeries poneys » en rose flashy. Voire des tours très hautes dont on aimerait qu'elles dépassent les montagnes.

On a scalpé MGMT.

Bouygues construction : une approche pédagogique du recrutement.

Des sommets plein la tête, direction la classe de neige, que l'école appelle « classe de découverte ». Pour nous donner un avant-goût de la couleur de la neige, nos parents nous autorisent à regarder le film de la première partie de soirée, *Les Bronzés font du ski*. On apprécie, même si on craint un peu de se retrouver coincé toute une nuit sur un télésiège. Ou dans un œuf entre des skieurs aux combinaisons fluo, à chanter « Quand te reverrai-je, pays merveilleux ? »

Au dîner, haute montagne oblige, on nous sert systématiquement une soupe verdâtre, en tout point infâme. Tout enfant normalement constitué l'éviterait autant que les épinards. Mais les surveillants menacent de confisquer les bonbons qui nous parviennent par colis, envoyés par nos parents, si nous ne la finissons pas.

À la conquête du grand Ouest.

Équipe espoir, Champigny Football, 1992.

Japon 1 – France 0.

Ces tortionnaires auraient-ils sous-estimé notre inventivité ? Revue des méthodes déployées pour échapper à ce supplice. Tandis que l'un fait diversion (« Maîtresse, quand la neige fond, où va le blanc ? »), l'autre se sert du pain comme d'une éponge pour absorber sa soupe, et glisse ces miches imbibées dans sa poche. On peut aussi remplir son verre du liquide, demander à s'absenter et aller arroser une plante avec. Enfin, on peut profiter du départ d'un copain pour verser le contenu de son propre bol dans celui qui vient d'être vidé.

Tyrannie mathématique.

Le programme de l'école maternelle est clair : « Par la pratique d'activités physiques libres ou guidées, l'enfant apprend à s'exprimer avec son corps. » Cette approche pédagogique inclut-elle les premiers flirts, en troisième section ? À la cantine, on a tous envie de partir à la découverte de l'autre, même si on le cache un peu. On avance l'un vers l'autre à l'occasion de jeux comme le chat perché, qui en fin de journée vire au chat bisous. Les premiers amours se dessinent – mais gare à ne pas se faire prendre, au risque de se voir encerclé par une nuée de cris suraigus : « Ah le bébé, il est amoureux ! »

Discrétion ophtalmique.

La loi Évin, ou la naissance de la pause clope

Jusqu'en 1991, il était encore à peu près possible de s'en griller une à son poste de travail. Si la vitesse à laquelle le paquet se vidait en était directement affectée, le temps de travail, lui, était épargné. La donne change avec la loi Évin, qui prévoit d'interdire de fumer dans les lieux affectés à un usage collectif. Exit *les fumeurs qui, été comme hiver, sont soudain contraints de descendre sur le trottoir. Mais pour les 30 % de la population française qui fument, le bon côté des choses, c'est l'instauration de la « pause clope ». Prenons l'exemple d'un employé travaillant dans l'une des tours de La Défense. Le temps qu'il toque au bureau de son collègue pour l'inviter à descendre – rien de mieux que les pauses clopes en groupe –, qu'ils empruntent l'ascenseur, fument leur cigarette puis remontent, la pause aura pris au bas mot dix minutes. À raison de dix cigarettes par jour, les pauses clopes auront entamé sa journée d'une heure quarante.*

Le sujet est brûlant : la pause cigarette nuit gravement au temps de travail. Or, sauf après six heures de travail effectif, le code du travail ne prévoit rien en matière de pause. Celles-ci peuvent entraîner des tensions entre fumeurs et non-fumeurs. Il reste à l'employeur d'instaurer des règles qui ne soient pas discriminatoires à l'encontre de l'une ou l'autre catégorie. Quitte à demander aux plus gros consommateurs de transformer leurs RTT en volutes blanches…

La barre à lap dance de la pause cigarette.

Les dames du bois de Vincennes.

Faune de chambre

À force de suivre tous les quidams à quatre pattes, l'objet de nos désirs devient un jour accessible. Après une visite à l'animalerie, nos parents nous autorisent enfin à posséder un animal de compagnie. Et quand vient la fatidique question de savoir ce que nous voulons adopter, on envisage bien sûr toutes les possibilités. En tête de liste, le chien. Avec *Beethoven*, le film qui fait le plein en salles, on rêve tous d'un saint-bernard. Mais en appartement, pas question, d'autant que se pose l'interrogation ritournelle : qui irait le promener les matins d'hiver ?

Qu'importe, malgré notre envie d'accueillir un tigre dans notre chambre, on jette notre dévolu sur plus petit, par ordre décroissant de taille. Un chat ? « Trop solitaire et imprévisible. » Un lapin nain ? « Trop rongeur, on ne pourrait pas laisser traîner les fils électriques. » Un cochon d'Inde ? « Bingo ! » répond ma mère. On a évité le hamster de peu.

Au comble de l'excitation, on adopte Buzz l'éclair, un cobaye à poils longs. Dans la voiture qui l'amène à sa nouvelle maison, on se moque de ses oreilles qui tombent. On imagine un numéro de cirque qui nous rendra aussi célèbres qu'un dompteur de lions. La bête, impassible, semble écouter avec attention, comme déjà apprivoisée. Mais une fois dans sa cage, son premier mouvement est de partir se cacher. L'obscurité de son abri semble même la convaincre d'y rester. Seule une feuille de salade l'en délogera.

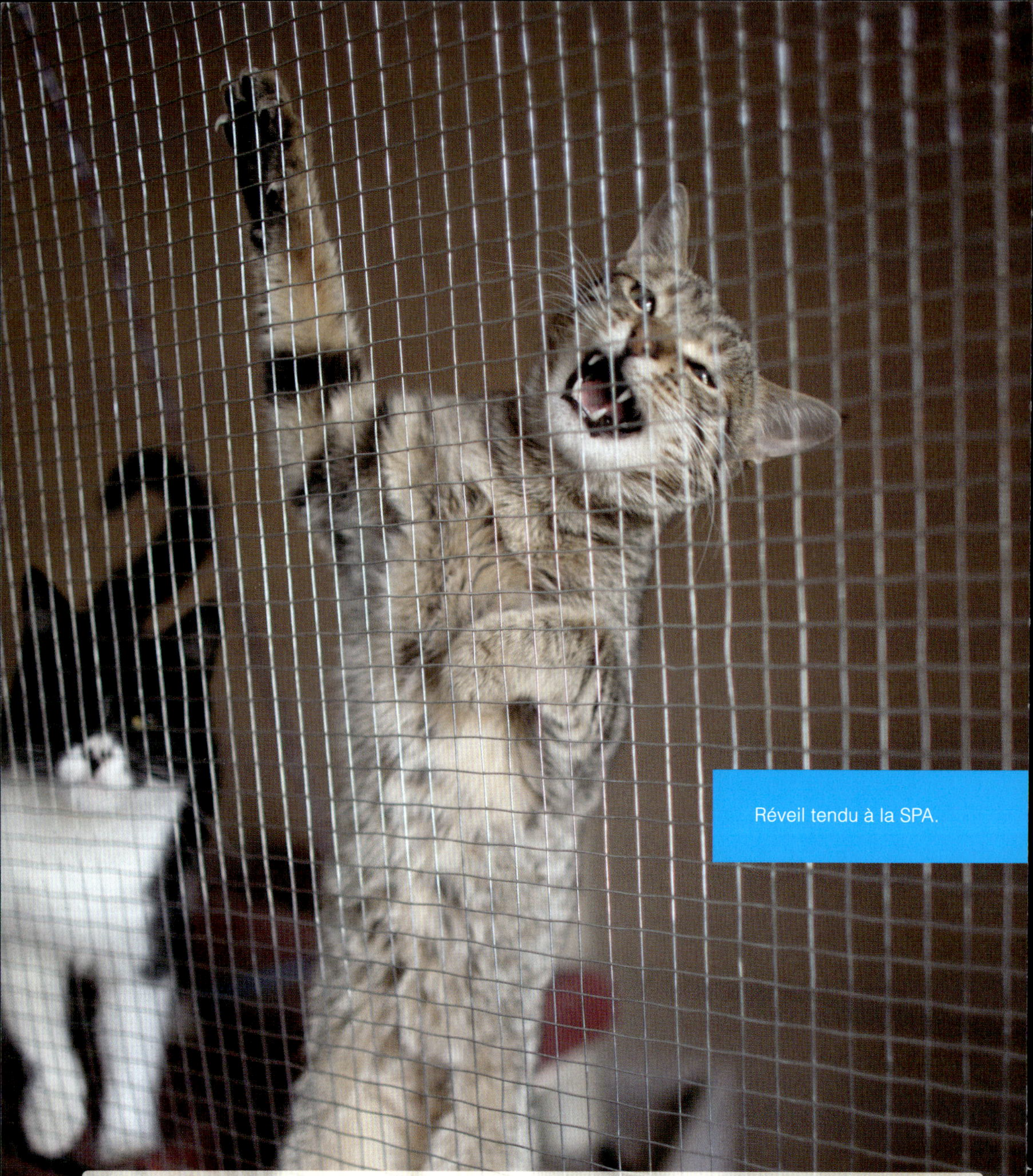

Réveil tendu à la SPA.

Le hic avec le cochon d'Inde, c'est son caractère placide. L'expérience le prouvera bientôt. Posé un matin dans un coin de la cuisine, l'animal n'en a toujours pas bougé à mon retour de l'école. « Mais c'est ça, un animal de compagnie ? » Pour les parties de courses-poursuites enflammées, c'est loupé. L'espèce est si lente et si paresseuse qu'elle semble calculer chaque effort et n'accepter de se déplacer qu'en cas d'absolue nécessité. Dans une logique darwinienne, il peut même sembler surprenant qu'un tel herbivore, dénué de toute véritable qualité défensive, ait pu survivre jusqu'à aujourd'hui. Tout

Fertile à deux mois,
Maman n'est pas loin.

concorde à en faire une proie idéale. Le *Je sais cuisiner* de Ginette Mathiot précise d'ailleurs que toutes les recettes nécessitant un lapin peuvent aussi s'appliquer au cochon d'Inde. Beaucoup se baisseraient pour le croquer, tel le point d'orgue d'un repas, la cerise sur un gros gâteau à la crème.

Un anniversaire nous renseigne bientôt sur cette anomalie darwinienne. « Apportez vos animaux », demande la carte d'invitation, le jeune célébré ayant en tête d'organiser une course transespessionelle, déclinaison à l'ère moderne de la compétition opposant le lièvre à la tortue. Dans un enclos hâtivement bâti s'empressent bientôt tous types de rongeurs, vite partis à la rencontre les uns des autres. « Pourquoi ton cochon d'Inde monte sur le mien ? », demande un copain avec stupéfaction. En supplément du cours de sciences naturelles, l'épisode devait nous apprendre la formidable capacité d'adaptation de l'animal. Quant au lapin nain, à côté, il ne savait trop quoi répondre.

Mauvais coup en préparation.

P'tit pont à la dizaine

Première fête en civil.

Une Tortue ninja, des Tortues ninjaux

Soigneusement peignés, nous franchissons en septembre 1994 la porte de l'école primaire. Avec nos cartables flambant neufs, le torse bombé comme pour se grandir davantage, c'est tout sourire que nous brûlons d'entrer dans la « cour des grands ». Un regard jeté aux alentours nous permet de repérer nos futurs copains de CP. Un fayot

Chronologie

6 avril – 4 juillet 1994
Au Rwanda, les Hutus massacrent 800 000 Tutsis. Ce sera le génocide le plus meurtrier à avoir été commis en si peu de temps (trois mois).

6 mai 1994
Après six ans de travaux, le tunnel sous la Manche est inauguré par Élizabeth II et François Mitterrand. Le Shuttle place alors Paris à moins de trois heures de Londres, pour deux heures quinze aujourd'hui.

30 mars 1995
Inauguration à Paris de la Bibliothèque nationale de France, qui rassemble plus de 14 millions d'ouvrages et centralise le dépôt légal (150 000 publications par an).

7 mai 1995
Jacques Chirac succède à François Mitterrand en devenant le cinquième président de la Vᵉ République. Il exercera cette fonction pendant douze ans.

Juillet – octobre 1995
La France est touchée par une série de huit attentats à la bombe, attribués aux terroristes algériens du Groupe islamique armé (GIA). On compte 8 morts et 200 blessés.

23 août 1996
Évacuation musclée, par la police, d'étrangers en situation irrégulière, réfugiés dans l'église Saint-Bernard de Paris. Plusieurs d'entre eux seront renvoyés au Mali.

18 octobre 1996
France Télécom change la numérotation téléphonique : le 16 disparaît et tous les numéros sont ramenés à dix chiffres. De quoi anticiper la multiplication des appareils téléphoniques, notamment des portables.

31 août 1997
Une Mercedes noire s'encastre dans le treizième poteau du pont de l'Alma. Lady Di, amenée en état de choc à la Salpêtrière, décède de ses blessures à l'aube.

Novembre 1997
Les DVD font irruption dans les magasins. Moins pratiques et plus volumineuses, les VHS s'empileront bientôt sur les trottoirs.

12 juillet 1998
« Et un, et deux, et trois zéro ! » Didier Deschamps soulève la coupe arrachée au Brésil. Mille scènes de liesse plus tard, le chef de l'État épingle la Légion d'honneur sur les maillots bleus des joueurs.

Embarquement pour Babaorum.

a d'ailleurs apporté son cahier de devoirs de vacances, complété de la première à la dernière leçon. Un autre ne tient pas en place à cause de sa chemise boutonnée trop haut. « Ma mère n'a pas voulu que je porte ma cape des Tortues ninja », me confiera-t-il par la suite. Intello ou cancre, on choisira vite son camp.

Une fois le sabre laser remisé au placard, nous devenons rapidement experts en maniement du stylo-bille, alphabet et autres livres. Les matinées sont consacrées à l'enseignement « lourd » : maths, sciences de la Terre,

Anticiper la gamelle du photographe.

grammaire. En fin de matinée, nous nous entraînons à déchiffrer nos premiers textes au cours de séances collectives haletantes. Pour nous aider, les vingt-quatre lettres de l'alphabet sont affichées au mur. Telle une chef d'orchestre, la maîtresse nous entraîne à les répéter, puis à les assembler dans des combinaisons de plus en plus compliquées. En mimant de grands écarts, elle nous demande : « T et A, qu'est ce que ca fait ? » Le premier à crier « Taaaaaa ! » reçoit un bon point. Au bout de dix, ceux-ci se transforment en image, tant vantée par la maîtresse que, dès qu'un élève en a obtenu une, on se précipite tous pour l'admirer. Il s'agit d'un paysage de montagne avec une vache laitière au premier plan. « C'est ça, l'image ? », demande un copain de classe. La voilà soudain devenue bien moins attrayante que les autocollants Panini, que nous nous échangeons frénétiquement dans la cour de récréation.

L'addition, passe encore. « Zoé a un bonbon. Arthur lui donne un autre bonbon. Combien Zoé a t-elle de bonbons ? » « Deux », répondent en chœur les élèves les plus brillants. « Bien », dit la maîtresse, « tout le monde a compris ? » Apparemment, oui. Au fond de la classe, il y en a pourtant un qui fait une drôle de tête. Il cogite cinq bonnes minutes, puis se lance : « Mais est-ce qu'Arthur est amoureux de Zoé ? » Petit, mais déjà conscient des complexités de la vie.

Sculpture Legoiste.

Après le déjeuner, le rythme se calme un peu. On s'initie à la peinture et au chant, on exécute deux ou trois galipettes dans le gymnase. Le but ? nous donner les moyens de nous exprimer, d'être à l'aise dans nos baskets taille 32. C'est ça, la nouvelle éducation : on cherche moins à nous faire réciter des leçons par cœur qu'à nous donner des clefs pour construire nous-mêmes notre pensée. Surtout, on veut laisser à chacun la possibilité de choisir son métier, selon ses envies et son mérite.

Et certains d'entre nous ont déjà une idée très précise de ce qu'ils veulent devenir. Pompier, policier, vétérinaire ou Terminator… Pour beaucoup d'autres, ce sera chanteur, à la manière des Musclés, ou présentatrice télé, « comme Dorothée ». « Et toi, qu'est-ce que tu veux faire ? », me demande la maîtresse. « Je veux être champion de la lutte contre l'apartheid » répond l'autre qui parle à travers ma bouche. Nelson Mandela, prix Nobel de la paix en 1993, inspire des carrières.

Devant Drucker le samedi soir.

Tabasco anglais.

La vague boys bands

Venu d'outre-Manche, où les Backstreet Boys, Spice Girls et autres Take That caracolent aux sommets des charts, *le phénomène « boys bands » débarque en France. Le temps, pour les directeurs de casting, de ratisser les salles de sport et les gymnases municipaux et de monter de toutes pièces les groupes très marketés que seront les 2Be3, G-Squad, L5 et Alliage. À l'occasion, des concerts réunissent les différentes formations dans de véritables shows à l'américaine où lumières, chorégraphies réglées au millimètre et chemises ouvertes tentent tant bien que mal de masquer le play-back et la pauvreté musicale de ces compositions « dance ».*

*Soutenus par la presse et la télévision (*Star Club, *« Hit machine », « Fan 2 »), ces groupes font un tabac chez les 8-14 ans, les préadolescents que nous sommes. Les chanteurs, eux, n'ont que de 16 à 18 ans. Qu'importe, qu'on les imagine grand frère ou amant secret, on tapisse nos chambres de leurs posters. L'image du groupe, qui prévaut sur sa musique, devient d'ailleurs le fer de lance de l'industrie du disque. Au cours de séances-photos étroitement contrôlées par leur manager, ces boys bands sont immortalisés dans des situations d'un comique ravageur (dans une ambiance romantique, en treillis, en cuir sado-maso…). Les mises en scène, particulièrement travaillées, attribuent à chacun des protagonistes un trait de personnalité facilement identifiable : il y a le mauvais garçon, le timide, le bon copain, le sportif… Comme dans un jeu de rôles, on fournit assez d'éléments au public pour qu'il construise sa propre narration.*

Littérature de boîte de Corn Flakes

Longtemps, on s'est cru illettré. Mais tout d'un coup, au primaire, nos progrès en lecture nous permettent de déchiffrer des bribes de phrases. Plus que pour la collection gentiment effrayante des « Chair de poule », on a alors un goût immodéré pour la littérature des boîtes de Corn Flakes. Les yeux encore mi-clos de sommeil, on feint de redécouvrir chaque matin la solution à un jeu qu'on connaît par cœur pour y jouer depuis plusieurs semaines. Qu'importe, tandis que les grains de riz soufflé font « flop » au contact du lait, on relit avec envie l'histoire d'un singe perdu dans l'immensité de la jungle. « Sauras-tu retrouver la liane qui lui permettra de manger ses bananes ? »

Comme un petit singe enfermé dans sa cage, une fois en classe, on ne tient plus en place. « Trop dur » de rester assis. La pluie battante y serait-elle pour quelque chose ? C'est une théorie de maîtresse : les enfants sont toujours plus excités les jours de pluie. Le vrombissement du dehors, la buée sur la vitre : tout concorde à faire de la classe un espace clos où notre patience est mise à rude épreuve. Et l'imagination s'active lorsqu'on se met à regarder les nuages. Dès 11 heures, on se rêve dehors, à investir la cour, notre terrain de jeux par excellence.

On y croise un escargot labyrinthique et la case « Ciel » de la marelle. Non loin de là, dix billes s'échangent à valeur stable contre un calot. Il existe différentes manières d'y jouer, qui présentent toutes le même risque : si l'adversaire parvient à faire tomber la pyramide ou à s'approcher du cochonnet, on peut perdre tout le contenu de sa banane. Gare à la chance : même les plus habiles ne sont pas à l'abri du mauvais sort…

Petite fille modèle.

Marelle à l'envers.

Plus qu'une aire de jeux, la cour de récréation est aussi le lieu où se tissent nos premières relations. Nous essayons tant bien que mal d'y répéter des phrases, des idées issues du monde des adultes. Mais attrapées au cours de dîners familiaux, ces phrases se transforment dans nos têtes d'enfant. Alors, quand nous vient l'idée de faire part à nos camarades des recherches scientifiques qui, en 1995, s'alarment du trou dans la couche d'ozone, les données s'en trouvent un brin déformées. Si on comprend bien que la pollution commence à faire des ravages dans l'Antarctique et que l'industrie est pointée comme la principale responsable, on se focalise surtout sur les dangers de l'élevage intensif et des gaz produits par les vaches. Alors, si par malheur quelqu'un flatule en classe, d'un commun accord tout le monde lui dit : « Retiens-toi, tu troues la couche d'ozone. »

« Un tunnel sous la mer, qui traverserait la Manche ? » Les rumeurs vont bon train. Et libèrent notre imaginaire. « Il va jusqu'à New York », répond un copain, encore un peu hésitant sur sa géographie. « Ils se seraient décalés et auraient creusé trop loin », explique un troisième, conciliant. Après six ans d'efforts, les foreurs du tunnel viennent d'établir une première jonction. À peine de quoi faire passer un courant d'air, mais bien assez pour agiter les esprits. L'équipe britannique qui réalise la trouée a senti « les premières bouffées d'ail ». Rapportée dans la presse londonienne, cette première réplique restera le symbole historique de la rencontre sous les mers entre les Grands Bretons et les descendants d'Astérix.

Des deux côtés de la Manche, c'est l'enthousiasme général. Les deux gouvernements, certains de la rentabilité du projet, encouragent les petits actionnaires à y prendre des parts. Mais le tunnel s'avèrera rapidement être un enfer économique. L'action perd les trois quarts de sa valeur quatre mois après sa mise sur le marché. Sous la Manche, les petits porteurs font naufrage.

Scandale à Eurodisney : Mickey tente d'étouffer des enfants.

Une icône du crash test.

Treizième pylône, pont de l'Alma

Au retour des grandes vacances, dans la nuit du 30 au 31 août 1997, les programmes télé rendent l'antenne les uns après les autres : la voiture de Lady Di vient de s'encastrer à 115 km / h dans le treizième pylône du pont de l'Alma. Son compagnon, Dodi Al-Fayed, et son chauffeur meurent sur le coup. La princesse de Galles, elle, est en état de choc. Acheminée en ambulance à l'hôpital de la Pitié-Salpêtrière, elle succombe à ses blessures à quatre heures du matin. Les paparazzi, nombreux à suivre de très près la voiture, sont accusés d'avoir déstabilisé le chauffeur. La presse s'emballe : Lady Di, qui avait fait part de ses inquiétudes quant à un éventuel complot, aurait pu être victime d'un coup monté. L'enquête montrera cependant que le chauffeur conduisait sous l'emprise de l'alcool associé à la prise d'antidépresseurs.
Trois millions de personnes se rassembleront à Kensington Gardens pour rendre un dernier hommage à celle qui restera, dans le cœur de beaucoup, une icône de la Couronne britannique. Au point d'éclipser le décès de mère Teresa, de Victor Vasarely, du commandant Cousteau, ou de Jeanne Calment, tous morts à la même période.

Conséquence inattendue : la flamme du pont de l'Alma, offerte par les États-Unis pour commémorer la statue de la Liberté, devient le lieu de rassemblement et de dévotion de tous les admirateurs de la princesse de Galles. Malgré les écriteaux, la sculpture reste, pour les Anglais, la « version en fonte » de la chanson d'Elton John, Candle in the Wind.

Supporter, un sacerdoce

Footix est en nage. Le Stade de France à peine achevé, il lance les festivités du Mondial. Et en juin 1998, les feux d'artifice sont tirés sur le toit de cet ovni ovale. Côté foot, l'équipe inquiète. « Condamnée d'avance ! », titre la presse.

Aimé Jacquet, l'entraîneur, cherche encore la meilleure formule pour ses Bleus. Les supporters le trouvent trop lent et n'ont de cesse d'annoncer la Bérézina à venir.

Pourtant, dès son entrée en compétition, l'équipe est en place. En match d'ouverture, elle met trois buts à l'Afrique du Sud. Pour ne rien manquer du second, contre l'Arabie saoudite, le directeur de mon école annule une après-midi de cours. Et laisse cinq classes se rassembler dans le gymnase, devant un écran minuscule. Les premiers rangs, exceptionnellement peuplés, vrombissent quatre fois. Et s'embrassent le crâne tout autant.

Sur sa lancée, l'équipe impressionne. À l'avant, Thierry Henry et David Trezeguet font partie des attaquants européens alors les plus en vue. Avec Zinédine Zidane, le casting offensif marche sur du velours. Les terrasses des cafés, qui suivent massivement la compétition, rapportent le calendrier des matchs aux conquêtes napoléoniennes. « On va se faire l'Amérique du Sud », crie, confiant, un Lensois au maillot bleu. On le retrouvera tremblant à la mi-temps. Non, être supporter n'est pas de tout repos. Et passées les poules, les adversaires font peur. Le Paraguay, d'abord. Colosse en ses buts, le gardien José Luis Chilavert est tout bonnement effrayant : dès qu'on s'en en approche, il grossit. Autocrate des surfaces, il se couche et renvoie la balle, sans cesse. Le « but en or » de Laurent Blanc mettra fin au suspense.

Le contre-jour est un art.

Bernard Lama, le grand oublié du mondial.

Rebelote pour les sueurs froides avec le match contre l'Italie, en quart de finale, où la France doit subir l'épreuve terrible des tirs au but. Bixente Lizarazu, qui en place un à côté, manque de devenir le paria le plus haï de France. « Si on avait perdu, je me serais exilé », dira-t-il après le match. En demi-finale, le Croate Davor Suker part en fluide et frappe. Pour la première fois du Mondial, l'équipe de France est menée au score. Mais les grands joueurs se révèlent toujours dans les situations les plus tendues. Et il ne faut pas plus d'une minute à Lilian Thuram pour sortir la pendule du gousset et la remettre à l'heure. Barthez s'envole, l'arbitre siffle. La France est en finale de la Coupe du monde. Contre le Brésil. Dimanche 12 juillet 1998.

Tous les facteurs objectifs couronnent d'avance la sélection brésilienne. Tous, sauf un : le désir des Français. Le soir de la finale, leur volonté de vaincre est telle que la Seleçao comprend vite l'imminence de sa débâcle. Zidane est le premier à frapper : par deux têtes, il met KO Claudio Taffarel. Pour conclure la victoire, Christophe Dugarry remet à Emmanuel Petit, qui part en trombe. La Kabylie parachève la Normandie et la France devient championne du Monde. Le pays en liesse pavoise jusqu'en ses plus modestes ruelles, et s'abandonne à une effusion universelle.

Un million et demi de personnes se rassemblent sur les Champs-Élysées. Le visage des joueurs ainsi que le slogan « La victoire est en nous » (Adidas) sont projetés sur l'Arc de triomphe. Le monde est bleu, comme ce documentaire de Stéphane Meunier, *Les Yeux dans les Bleus*, qui vient immortaliser les dessous et off du mondial. De quoi rassasier la curiosité des supporters, parmi lesquels de nombreuses femmes.

Ce soir, j'avais très envie de me déguiser en framboise…

Des balles en mousse au Stade de France

On en compte onze sur le terrain, mais il y a plusieurs milliers d'aspirants derrière. À la rentrée 1999, les clubs de foot affichent tous complets. Et les coups de pied arrêtés surchauffent l'asphalte des cours de récré. Mais, pour être autorisés à singer Zidane ou Djorkaeff, obligation nous est faite de jouer avec une balle en mousse. Encore à peu près ronde le jour de son achat, la balle va s'effilocher au rythme des buts et des passements de jambes. Précisons qu'un passement de jambes avec une balle en mousse consiste à écraser la balle et à attendre que l'adversaire passe son chemin. Très vite, donc, l'aspect sphérique de la balle s'estompe, et il n'est pas rare qu'elle se scinde en deux au cours d'une partie. Des petits bouts de mousse servent alors de balle, jusqu'à ce qu'un autre joueur se décide à en racheter une nouvelle.

Autre inconvénient des balles en mousse : sur terrain mouillé, elles deviennent aussi lourdes qu'une éponge géante. La partie de foot se transforme alors en partie de tir. On s'amuse à repeindre les murs avec, on se vise les uns les autres en laissant autant de marques indélébiles sur nos habits blancs. Pauvre gardien qui, coincé dans ses buts, est condamné à en prendre un maximum. Jusqu'à la goal de bois.
Car si, dans le circuit professionnel, les gardiens de but sont libres de leurs mouvements, en cours de récréation, ils doivent rester dans les buts qu'ils protègent, ce qui explique leur appellation de « buts-cages ». Une fois à l'intérieur, pas question d'en bouger – à moins de détenir un passeport pour la liberté et d'être « goal volant ».

1999-2002

Va y avoir du style

Persona non skata

Les scratchs et le cardigan remisés au fond du placard, nous avons vite perdu toute affinité avec les vêtements un brin ringards de nos années d'école primaire. Élevés aux clips de MTV, nous ne pouvons rester indifférents face à l'appel de la mode. Jusque-là absente de notre horizon d'attentes, l'apparence deviendra le leitmotiv de notre existence. Lunettes noires et baskets blanches, nous entrons au collège, au garde-à-vous vestimentaire permanent.

Dans les cours classés par genre, deux styles se confrontent. Plutôt skateur ou « kainry » ? Pour simplifier, le premier écoute du rock, le second du rap. Et si tous deux aspirent au même mode de vie – c'est-à-dire boire du Coca-Cola sur la plage, télécharger des films et danser le samedi soir –, on ne se mélange pas. Les filles *fashion* s'accommodent des garçons kainry ; les skateuses sortent le plus souvent avec des skateurs.

Chronologie

11 août 1999
En attendant la pénombre, les vacanciers enfilent tous des lunettes 3D. Une éclipse totale du Soleil est visible partout en France.

12 décembre 1999
Marée noire : les Bretons sortent pelles et seaux pour endiguer les 30 000 tonnes de fuel déversées par l'Erika.

Décembre 1999
Des travées entières s'ouvrent dans les forêts françaises, lorsqu'un mini-ouragan traverse le pays d'ouest en est.

1er janvier 2000
Mis à part le compte à rebours de la tour Eiffel, qui tombe en panne juste avant minuit, le bug informatique prévu ne fait aucune victime collatérale.

Février 2000
Instauration des 35 heures hebdomadaires dans les entreprises de plus de vingt salariés.

25 juillet 2000
Accident du *Concorde* à Roissy, qui signe la fin de l'exploitation commerciale du supersonique.

20 janvier 2001
George W. Bush succède à Bill Clinton à la tête des États-Unis.

26 avril 2001
Première de « Loft Story ».

11 septembre 2001
Des pirates d'Al-Qaïda prennent le contrôle de plusieurs avions de ligne américains avant de venir percuter le Pentagone et les tours du World Trade Center.

21 septembre 2001
L'usine AZF de Toulouse explose, faisant 30 morts et plusieurs milliers de blessés. La responsabilité en sera attribuée à la société pétrochimique Total.

1er janvier 2002
L'euro est lancé. À minuit, nombreux sont les curieux qui vont chercher des nouveaux billets dans les distributeurs. Malgré les craintes, la transition des premiers jours s'effectue sans souci notable.

5 mai 2002
Avec plus de 80 % des voix, Jacques Chirac l'emporte au second tour face à Jean-Marie Le Pen. Dans l'entre-deux-tours, les Français démontrent massivement leur hostilité à l'égard du leader du FN.

Slamming on the pogo dance.

Approfondissons cette dernière catégorie. Habillé en XXL, l'esthète à roulettes laisse voir plusieurs centimètres de son caleçon au-dessus de son pantalon baggy. Il porte un gros pull *flashy*, un sweat barré d'un logo ou d'un graff, de grosses baskets délacées, un bonnet enfoncé très bas sur les yeux ou, à défaut, une coupe de cheveux qui ressemble à n'importe quoi mais surtout pas à celle de tout le monde. La dernière « hype » ? Le sac-à-dos Eastpack monochrome. Pour le personnaliser, chacun y va de son intervention, des dédicaces en Typex aux peintures tribales. On

Sk8er boys.

trouve aussi des écussons « Skate or Die ». À 14 ans, les praticiens de la planche promettent de skater jusqu'à ce que la mort les en empêche.

Entre tous, on reconnaît le vrai skateur aux trous qui maculent ses vêtements. Les chutes, d'abord, entament un brin ses jeans à hauteur du genou. Et à force de porter son skate sous le bras, roues vers l'extérieur, le grip vient systématiquement frotter ses pulls à hauteur des côtes. Les filles « aaaadorent » et suivent en rang d'oignon. Tifs en bataille, elles s'habillent punky-punkette. Pas le punk de 1977, plutôt celui des Sex Pistols et de Malcolm McLaren. Un brin plus calmes, elles associent le confort à l'esthétique trash glamour. Elles ne s'approvisionnent pas chez Vivienne Westwood, mais chez Zara, qui se met à vendre des t-shirts perforés, des bottines à clous dorés et des épingles à nourrice. Autour du cou, un keffieh vient parachever cette rebelle-attitude teintée d'eau de rose.

Dans les Ipods, on écoute fort Green Day, Blink-182 et Sum 41, dernier héritier en date de la vague néopunk américaine. Les plus romantiques apprécient Avril Lavigne, l'équivalent rock du film ultrapotache *American Pie*. Sur ce punk-métal juvénile, on organise à l'occasion des concours d'air guitar. Parfois, on pogote gaiement à l'intercours. La connerie en cascade et les gamelles jouissives des personnages de « Jackass » ne sont pas loin.

Dans la famille rock, il ne faudrait pas oublier l'« emo boy ». Digne descendant des gothiques *eighties*, l'emo (pour Emotional Hardcore) écoute des groupes relativement criards, mais s'avère suffisamment sensible pour verser sa larme devant des films. Son teint est pâle, voire blafard, et ses cheveux noirs de jais s'agrémentent parfois d'une mèche très blonde. La coupe évoque celle de Jeremy (« Star Ac' 2 ») : une longue mèche plaquée sans gel. Côté artifices, l'emo s'autorise un peu de rimmel sous les yeux. L'essentiel est de porter des bijoux (une bonne dizaine de colliers et plusieurs piercings) et d'avoir l'air triste. Les plus rigoureux semblent rejouer chaque jour la biographie de Ian Curtis. Mais, à 15 ans, on est encore loin de l'anarchiste de légende loué par des stickers collés sur notre sac à bandoulière.

Soirée pyjama.

Fréquence 90's

Les années 1990 posent les bases des séries modernes : tout n'est pas encore grandiose, mais les bonnes idées frétillent et les futurs hits du petit écran sont lancés. Ainsi en est-il des Simpson, créés en 1989. D'abord une petite série sans prétention, elle cartonne au point de créer un buzz énorme autour des donuts. Avec son générique sans cesse réinventé, la série ouvre la porte à « South Park », à la famille Griffin ou à « Futurama ».
Très portées sur la science-fiction, les années 1990 sont aussi traversées par deux séries à la limite de l'étrange, du glamour et de l'horreur. « X-Files », créée en 1993, entretient pendant neuf saisons une mythologie complexe à base de conspirations et de petits hommes verts, parsemée d'extraterrestres géniaux. Sans ce scénario, pas sûr que « Les Experts » en tous genres aient pu voir le jour. « Buffy contre les vampires », d'une qualité assez remarquable, survit quant à elle sept ans et annonce « Charmed », qui la remplacera dans les grilles télévisées.
Du côté des sitcoms, « Friends » est sans conteste la série phare des années 1990. Deux appartements, trois filles, trois garçons : les possibilités de narration sont telles qu'elles nous feront tenir en haleine dix saisons. On regrette aussi les pérégrinations des lycéens australiens d'« Hartley cœurs à vif ». Moins « Beverly Hills ». Créée en 1990, cette série a pour seul sujet la plage et ses fêtes au champagne. « Melrose Place » suivra.
Pour ce qui est de l'écriture, les séries françaises ne font pas remonter le niveau : « Salut les musclés », « Premiers baisers », « Le Miel et les Abeilles », « Les Filles d'à côté », et surtout « Hélène et les garçons » séduisent par leur simplicité, mais abasourdissent de leur niaiserie.

Lascar en pyjama

« Wesh Wesh, qu'est ce qui se passe ? » Casquette siglée NBA et gros diamants sur les lobes, les kainrys se déplacent en bande. Le mercredi et le samedi, ils déambulent dans les couloirs des magasins de fringues, comme au Forum des Halles à Paris. Ils traînent suffisamment le pas pour que les filles aient tout le loisir de les admirer. « Sois kainry cousin, c'est le meilleur pour attirer les femmes. »

Double fesse court toujours.

Être attendue à la sortie.

Kainry ? En verlan, ça donne « Américain ». Dans les cours de collège, ce style supplante le look racaille en Lacoste. *Exit* donc les polos à manches courtes, les survêtements rentrés dans les chaussettes et les téléphones horloges autour du cou. Être kainry, c'est posséder une montre énorme et des bracelets couverts de brillants. C'est faire flotter son corps dans un maillot de sport XXL, un immense sac de sport jeté sur l'épaule. Le détail qui tue ? De larges chaînes argentées autour du cou, mais aussi la joute verbale. Car être kainry, c'est avant tout parler la langue de la rue. Leur vocabulaire, mâtiné de verlan, encourage à faire de la langue de banlieue un vrai mode de vie urbain. On « transpire sa race », on « flippe sa mère » et on « nique » – en paroles – tout ce qui bouge. À s'y méprendre, la vie ressemble à une chanson de Booba. « Trop chelou sketru. »

Avant de devenir basketteurs, les kainrys se rêvent rappeurs. Ils écoutent Mafia K'1 Fry, NTM, 113, Ministère Amer, Sniper ou La Fouine. Sans CD sous la main, ils branchent illico Skyrock, « Premier sur le rap ». Lieu de rencontre absolu des collégiens, la fréquence et ses animateurs deviennent nos grands

Les pièces d'euros, encore chaudes du matin.

frères de référence. Surtout la nuit. À 21 heures, quand nos parents nous envoient dormir, on allume la radio sous la couette. Difool prend l'antenne : grâce aux écouteurs glissés en cachette dans nos oreilles, on rit jusqu'à minuit de ses vannes à base de sexe et de biroutes, reprises en écho par Romano et La Marie. Et on n'a que faire de son « Au lit les pyjamas » censé nous protéger de ses répliques crues.

Intitulé de l'émission : « Radio libre ». Et de fait, elle l'est. L'émission raffole de blagues bien cochonnes, et peut s'avérer débridée quand « Loft Story » y est commentée en direct : « Tiens, il y a Jean-Édouard qui se gratte les boules, et elles sont grosses. »

Entre deux morceaux de rap, les jeunes téléphonent pour poser des questions, discuter d'un problème ou demander un service. On rassure, on taquine… Seb, 15 ans, appelle au sujet de sa sœur : « Elle a 12 ans, t'as vu, et je ne comprends pas qu'elle veuille sortir avec des garçons et tout. » La Marie dit

Virée normande pour le cent deuxième dalmatien.

Mise en tombe des frères Hanson.

qu'il faut la laisser faire, ne pas l'embêter, et que les filles sont mûres plus tôt que les garçons. Seb concède qu'il ne voudrait pas que les grands frères des filles qu'il connaît fassent comme lui. Nordine appelle pour donner son avis : « Si sa sœur elle commence à être bonne, c'est fichu pour lui. » Difool traduit : « Les seins poussent, les poils arrivent, et puis elles pètent les plombs, elles font n'importe quoi. »

11 septembre 2001, Paris

Tête de cancre assez constant, le 11 septembre 2001, je suis vissé au fond de la classe. Comme à mon habitude. Caché du professeur par un colosse de camarade, j'ai passé des écouteurs dans mes manches. Et accoudé là d'un air absent, j'enchaîne les hits des playlists de la bande FM. Pendant le dernier cours de la journée, j'écoute l'émission d'Arthur sur Fun Radio. D'ordinaire euphorique, sa voie devient soudain grave, presque attristée. Il parle de Twin Towers, de tours à New York. « Où va-t-il chercher ces idées de crash d'avions dans une tour ? », me demandé-je. S'il s'agit d'un sketch, il est à la fois incompréhensible et de très mauvais goût. Je change de fréquence, mais la musique a disparu des ondes, partout remplacée par des flashs d'information. D'abord incrédule, je passe un écouteur à mon voisin de table. Il comprend la même chose : « C'est la guerre aux États-Unis. »
D'urgence, il faut mettre la classe au courant. Mais pas au risque d'être découvert et de devoir tout avouer au prof. Alors, pour propager la nouvelle, j'écris sur un revers de feuille : « Des avions se sont écrasés dans les tours jumelles. » Et avant de le passer aux tables alentour, je plie le message en quatre, en seize, le rendant aussi minuscule qu'un secret.
De retour à la maison, nos séries habituelles ont laissé place à des programmes d'information en continu. Il nous faudra plusieurs minutes pour réaliser qu'il ne s'agit pas d'un énième film catastrophe américain, mais d'un fait réel, plus difficile à croire qu'une fiction.

Ton corps change, ce n'est pas sale.

Acné sur image

L'adolescence est un naufrage. On se retrouve soudain avec le nez plus gros que le reste du visage. Les filles commencent à négliger de sortir Barbie au jardin public et se mettent à soupirer devant Ricky Martin. Avec leurs sourires alourdis par des bagues, elles se mettent à pousser de petits cris stridents : « Rickyyy ! Rickyyy ! ». Les garçons, eux, découvrent que cet outil, jusqu'alors inoffensif et destiné à évacuer le trop-plein de grenadine, révèle de nouvelles et perturbantes fonctionnalités. « Ton corps change, ce n'est pas sale. »

Who's got the crack ?

Et les mentalités évoluent. On se grandit un peu. Le mot « boom » disparaît de notre vocabulaire au profit du plus chic « soirée ». En revanche, la seule idée d'avoir la même gueule que de nos parents nous paraît insoutenable. D'ailleurs, rien ne nous énerve plus qu'eux. On s'oppose, on conteste, on se méfie de leur sagesse. Notre personnalité se construit plutôt contre qu'avec eux. Et s'affirme à mesure que nous nous en distinguons, au sens propre comme au figuré.

En soirée, on a tendance à se vanter de fumer des joints, de vomir sa vodka, d'embrasser et de peloter des tas de gens en un temps record. Souvent, il n'en est rien. Mais la crainte de l'isolement et de la différence nous pousse à tout faire pour imiter nos pairs, singer leurs attitudes, être conformes à nos semblables. On s'oblige à aligner des signes dont on ne maîtrise ni les effets, ni les moyens. Et le deuil douloureux des assurances du passé nous conduit à de régulières régressions infantiles. « Wazaaaaaa ! »

Nos parents adoptent une attitude paradoxale vis-à-vis de notre crise d'adolescence. D'un côté, ils nous répètent de prendre du bon temps « pendant que l'on peut encore » et se montrent très conciliants sur nos choix, notre manière de nous habiller ou de nous occuper. De l'autre, ils sont souvent intolérants

Encore une soirée Game Boy.

avec nos copains. Ils ne trouvent rien de plus ridicule que les « victimes de la mode », la mode androgyne du slim, les coupes de cheveux en désordre… Ils dédaignent la mauvaise éducation de nos amis, râlent devant leurs marques d'irrespect. Nos parents nous célèbrent pour notre innocence, notre idéalisme, mais condamnent notre irresponsabilité et notre égocentricité.

Tout est dans la chaussure.

Plongé dans les bulles

Pas besoin d'être doté d'un bon coup de crayon pour se lancer tête baissée dans les bulles. Les armoires de nos parents en débordent. Les aventures de Tintin, le reporter en pantacourt, ou celles des irréductibles Gaulois, représentent souvent notre premier contact avec la bande dessinée. En sus, les plus fanatiques d'entre nous s'abonnent à Picsou magazine *et dévorent les histoires impliquant Donald et Géo Trouvetou. Couac du canard ? Délaissant l'hebdo pour les albums, nous découvrons la guerre de sécession avec* Les Tuniques bleues*. Et le pantouflard cheval du caporal Blutch, Arabesque, qui s'écroule dès que le sergent Chesterfield crie : « Chargez ! » À rester des heures immergés dans les bulles, on finit par croire aux pouvoirs magiques de tous les héros qui passent sous nos yeux. « Kaméhaméha ! » La collection des Dragon Ball annonce les combats de l'intercours. On s'y dispute le titre de Sangoku, Vegeta ou Petit-Cœur. Même univers « héroïco-fantaisiste » mais dans des décors d'inspiration médiévale, les aventures de Lanfeust de Troy mettent en scène un apprenti forgeron à la recherche d'une épée magique, façon Excalibur, en compagnie d'un vieux sage et de jolies sœurs un brin nymphos. En chemin, il se découvre des pouvoirs magiques phénoménaux. Hébus le troll est toujours là pour le soutenir, mais tient à ses mouches comme le chat à éviter le bain.*
Une violence dans le ton et une sympathie pour le gore que l'on retrouve dans Kid Paddle*. Avec sa casquette fixée à l'envers sur son visage, le personnage écume les salles de jeux vidéo. Et s'immerge tant dans le virtuel qu'il croit voir des Terminators sous son lit. En librairie, ses voisins de linéaire sont Cédric, éternel prépubère à mèche blonde empêtré dans des conflits générationnels, le Petit Spirou, en groom dès sa naissance, et Titeuf, à la banane renversante. Ce dernier est l'archétype du passage de l'enfance à l'adolescence. Ramenard mais sensible, obsédé mais puceau, râleur mais sociable, ses expressions cultes feront date, de « Particule de slip » à « Vicieux du cul ».*

Sincère sur son incompétence, fière de son insouciance

Surfer sa vie

T'es branché ? Plutôt ultraconnecté. Depuis les antiques modems 56 ko, où l'on payait sa connexion à la minute, jusqu'à l'Internet 3G illimité, nous avons été les premiers acteurs du succès de cette espèce d'énorme toile d'araignée numérique. Nous, les enfants du Web, nous n'avons pas seulement grandi avec Internet, mais aussi sur Internet. Lestes et fluides dans nos clics, à l'aise dans cette esthétique du déplacement, on a grimpé, sauté, voyagé de liens en pages. Si bien qu'à force de passer des journées entières devant l'écran, on en est venus à rêver de surfer sur notre ville. Ou de surfer notre vie. Tel un yamakasi de l'hypertexte.

Les dictionnaires s'entendent sur un point : Internet est un nom commun un peu spécial, qui mérite un article mais tolère une majuscule. Derrière le choix typographique se masque un catch idéologique d'ampleur. Car si la

Chronologie

20 mars 2003
Les premiers bombardements américains et britanniques sont effectués sur l'Irak.

9 avril 2003
Chute du régime de Saddam Hussein.

14 avril 2003
Après quinze années de recherches, le génome humain est entièrement décodé.

2004
La grippe aviaire donne la chair de poule. Le gouvernement commande cent millions de masques et met les oiseaux migrateurs sous haute surveillance.

Mars 2004
Nicolas Sarkozy, ministre de l'Intérieur, fait adopter une loi interdisant les signes et les tenues qui manifestent ostensiblement une appartenance religieuse.

9 avril 2004
Chute du régime de Saddam Hussein en Irak. Kidnappé trois mois après la fin du conflit, le dictateur est exécuté en 2006. Une bonne nouvelle pour Bush et les républicains, mais un coup dur pour la justice.

26 décembre 2004
Au large de l'Indonésie, un tremblement de terre provoque un tsunami. D'énormes vagues emportent 200 000 vies et font d'importants dégâts matériels.

29 mai 2005
Par référendum, une majorité de Français répondent « non » au projet de constitution européenne. Les politiques passeront outre.

23 août 2005
L'ouragan Katrina rompt les digues de la Nouvelle-Orléans. Au pays de l'oncle Sam, des milliers de sinistrés vont nu-pieds.

27 octobre 2005
Poursuivis par la police, deux jeunes meurent électrocutés dans un transformateur électrique de Clichy-sous-Bois. L'événement déclenche dix-huit jours d'émeutes. L'état d'urgence déclaré le 8 novembre sera prolongé de trois semaines.

Février – avril 2006
Forte mobilisation lycéenne contre le contrat première embauche (CPE). Le projet porté par Dominique de Villepin sera finalement abandonné.

9 juillet 2006
Après un coup de boule mémorable de Zidane, la France perd au tir au but la finale de la Coupe du monde contre l'Italie.

Des félins aux pieds..

majuscule d'Internet souligne l'unicité du réseau, elle semble aussi inciter l'internaute à courber l'échine devant sa praticité merveilleuse et les croyances qui s'ensuivent. Et celles-ci sont nombreuses, tant Internet est tout et son contraire. Parmi cent, un paradoxe entendu : « Internet est un agent propagandiste du libéralisme, mais aussi une brèche dans le pouvoir des États. » Un autre : « C'est une bibliothèque d'Alexandrie, mais aussi le moyen idéal de nous abêtir. » Des contradictions qui montrent que si l'on ne sait trop comment se positionner par rapport à

Connectés, on schtroumpf davantage.

ce réseau, on reste fasciné par ses possibilités. Au point d'avancer l'idée que notre société ne serait plus régie par des rapports de forces, mais par des rapports de flux.

Après le mythique tchat Caramail, son interface moche, ses salons « privés », son bouton permettant d'« ignorer » les relous et ses smileys de bon goût – paire de fesses, crotte de chien et tête de mort –, on investit en masse les nouveaux moyens de communication. Avec l'arrivée du Web 2.0, qui permet à tout utilisateur d'écrire directement sur la toile, d'exposer, de commenter et de réagir, on se crée tous une page « perso ». D'abord sur Myspace, ce réseau

Élargir son réseau germanique.

Montmartre la nuit.

aujourd'hui ringardisé mais qui revendiqua pendant cinq ans un nombre impressionnant d'internautes. Depuis sa page, on tient un journal, lance des invitations, montre ses photos, échange avec ses amis... Un univers de pages personnelles où chacun se présente et reçoit des messages. L'ensemble crée une zone communautaire, difficile d'accès pour les non-initiés, mais qui renforce le sentiment d'appartenance de ceux qui y sont entrés. C'est un monde parallèle, à la fois global et fermé sur lui-même, dans lequel on s'exhibe et mate.

Le succès de Myspace ouvre la porte aux nouveaux mastodontes du Net. Facebook est une cour de récré démultipliée. 500 millions d'adhérents, 30 milliards de photos stockées chaque année, 6 millions de pages consultées par minute. Ensuite, Twitter, le réseau aux 140 caractères, incontournable dans l'échange d'informations en temps réel. On s'inscrit partout où il est de bon ton de communiquer. On travaille son identité en ligne pour apparaître sous son meilleur jour. On développe son *personal branding* en fonction de la cible.

Au dernier stand du salon de l'érotisme.

Hardcore gamers

En cinq ans, les bonnes vieilles salles d'arcades ont rendu l'âme et laissé la place aux salles de jeux en réseau, la dernière mode des jeunes gamers. *Au lycée, on s'y précipite entre midi et deux, puis on y revient le soir, voire la nuit entière pour les plus accros d'entre nous. Au menu, des simulations de combat :* Counter Strike, *la star des jeux de tir subjectif, mais aussi* Diablo II, Quake *ou* Empire Earth. *En pleine partie, ça hurle et vibre, défouraille, pulvérise, atomise. Partout, c'est le règne des «* Kill'em all *».*
Mais à force de scotcher derrière nos pseudos d'infiltrés (Ass@ssin, Sniper, 1Shot), on en oublie que dehors, le soleil brille. Sous prétexte de passer un niveau supplémentaire, on s'isole derrière l'écran. Jusqu'à devenir un nolife *? Le jeu de rôles le plus populaire,* World of Warcraft, *WoW pour les intimes, est un* must *en matière d'addiction. Les joueurs ne font plus qu'un avec leur avatar virtuel, nain-prêtre, elfe-chasseur ou orque-guerrier, selon la volonté du géniteur. Si bien que certains y jouent* non stop *pendant dix ans et mènent une vie parallèle par avatar interposé.*
Conséquence : plus de 10 % des adolescents seraient des hardcore gamers, *des dépendants aux jeux vidéo. Pour y faire face, des cliniques spécialisées dans l'addiction à ces nouveaux paradis artificiels s'ouvrent à Paris et en province. Leurs patients, lycéens pour la plupart, sont avant tout des geeks à l'hygiène déplorable, aux yeux desséchés et aux t-shirts noirs. Les jeux vidéo, un facteur d'isolement ?*

Des tomates plein les poches.

«Le cul, c'est trop kiffant »

La dizaine au compteur, on attend déjà que la chambre parentale ait éteint sa lumière pour mater en cachette les films érotiques diffusés par Paris Première. Certes, ces galipettes dégoulinent d'eau de rose et les dialogues sont souvent prononcés en tchèque, mais on n'a pas besoin de nous expliquer par A + B ce qui est en train de s'y jouer. Les plus excités d'entre nous enregistrent même des ébats sur VHS. Histoire de s'échanger les rushes à la récré, mais aussi de compléter les cours dispensés par la prof de bio, unanimement déclarée trop légère sur le chapitre « Éducation sexuelle ».

Pour s'initier à la chose, plus besoin de débusquer le trois-marches du libraire pour atteindre les magazines du haut des linéaires. De la télé aux pubs de fringues, le sexe est partout. Y compris dans les magazines *a priori* consacrés à nos jeunes bouilles. Revue de presse féminine avec *Girls*, *Muteen* ou *Jeune & Jolie* : « On a beau dire, ce que les mecs préfèrent en apéritif, ça reste

Libertines avant lifting.

toujours la fellation » ; « Être une bombe au lit peut suffire pour qu'un garçon devienne définitivement accro de vous », etc. Un matraquage prescriptif qui montera vite en grade : à 14-15 ans, nous avons tous déjà vu un film porno, un *hard* crade et violent consommé en vitesse sur le PC familial. Si bien qu'arrivés au lycée, on connaît techniquement toutes les positions, sans pour autant avoir encore connu de relations sexuelles. Cela ne nous empêche pas de nous vanter à bloc. À l'intercours, des garçons se vantent d'avoir essayé l'« amitié avec bénéfices » : « Et toi, tu as déjà sodo-atomisé ta meuf ? – Nan, mais je me souviens d'une pipe, c'était de la balle atomique. »

Les premières relations sexuelles sont toujours délicates, mais quand le X sert de modèle, ça se complique encore. Initiés de plus en plus tôt aux positions les plus trash, certains jeunes ne distinguent plus la fiction de la réalité. Mais les images ne font pas pour autant de nous des nymphomanes compulsifs. Les caresses et les premiers flirts ne viennent souvent que vers l'âge de 15 ans. La première relation, quant à elle, a lieu en moyenne à 17 ans, un âge similaire

Copyright Photoshop.

à ce qu'ont pu expérimenter nos parents. Non, il n'y a pas de flirt sans bons sentiments. Et pour dire vrai, on n'a jamais été aussi romantiques que pendant notre adolescence.

Au lycée, on veut encore croire que tout est possible. Que l'amour peut transcender toutes les différences. Certes, on tient surtout à la beauté physique et on refuserait *illico* de se faire un « thon ». Mais on aime à tenir un discours un brin utopiste et croire que l'on pourrait s'unir avec n'importe qui, pour longtemps. Car face à des parents souvent divorcés, nos valeurs fondamentales sont paradoxalement « Famille, fidélité et amour toujours ». On se met tôt en concubinage pour « réparer » les erreurs parentales. On se donne des « Madame » et des « Monsieur ». Dans la cour de récréation, on joue au couple ultrafusionnel. Les sociologues et la presse appellent ça les « bébés couples ». Tout le temps ensemble, on va vivre chez l'un et chez l'autre et on se barricade dans une chambre du vendredi soir au lundi matin – exception faite du film du samedi soir – face auquel on trouve désormais, non plus un seul mollusque boulottant des chips sur le canapé familial, loin de se demander si d'autres humains en veulent, mais deux.

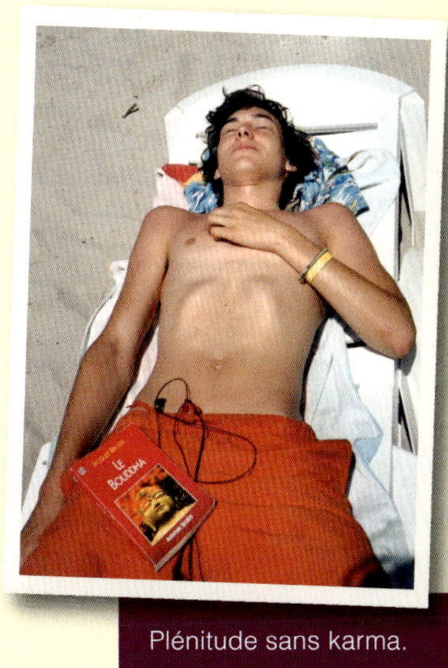

Plénitude sans karma.

Gibus new yorkais.

Let's (baby) rock

Durant la décennie 2000, un nouveau continent peuplé de groupes, de top models et de musiciens morts étouffés dans leur vomi secoue le rock endormi.
En première ligne, les Strokes, jaillis comme pour restaurer la fierté de la six-cordes. Suivent, dans le désordre, les Libertines, les White Stripes, Arctic Monkeys et Brian Jonestown Massacre. À fond dans les Ipods, leurs gimmicks font naître des vocations et chavirer les cœurs. Baby-rockeurs encore mineurs, les Naast, les Shades, les Plastiscines et BB Brunes en profitent pour sortir de leur chambre.
Rock & Folk *et sa nouvelle star de rédac' chef, Philippe Manœuvre, s'enthousiasme devant ces nouveaux groupes d'adolescents à guitares électriques, insolents d'énergie* « destroy » *et d'arrogance suffisante. Le magazine leur offre couv' sur couv' et organise au Gibus, le temple du rock parisien, des concerts de présentation qui ressemblent plus à des défilés de mode qu'à des rendez-vous musicaux. Mèche au vent et chemise blanche de rigueur, les baby-rockeurs s'y retrouvent serrés dans leurs slims mais à l'aise dans leurs Converse. Ils viennent d'ailleurs plus pour se montrer que pour écouter des groupes à la qualité musicale friable, au mimétisme lourdingue et aux textes poussifs – « Quand j'écoute les Cramps, ça me donne des crampes », clame BB Brunes. Le seul groupe qui arrive à tirer son épingle du jeu, Mister Soap and the Smiling Tomatoes, envoie toutefois de bonnes ondes surf sur la capitale.*
Sur le versant électro, les tecktoniks ne remontent pas le niveau. Le concept TCK ? Faire des vagues en tous sens avec ses bras pour donner l'impression d'être désarticulé, sur une musique techno, house ou trip hop.

Tu la coules et tout s'écroule.

Et tâtonnant vers l'âge adulte

L'après-bac est le sujet lancinant qui transforme les classes de première, réputées infernales, en terminales prématurément angoissées. Dès le mois de mars, il nous faut émettre nos vœux pour la poursuite de nos études. L'ambition sous la gorge, on navigue parmi les fiches Onisep qui recensent quelque 10 000 formations. Avant de se rendre aux salons de *L'Étudiant*, on fait un saut dans le bureau de la conseillère d'orientation. Elles sont toutes unanimes : il faut bien prendre garde au premier choix, qui déterminera plus ou moins définitivement notre parcours professionnel. Histoire de ne pas oublier ça trop vite, je note sur un post-it : « Gaffe à pas commettre une erreur de post-admission ». Du nom du serveur Internet « Admission post-bac », unique moyen de s'inscrire dans les universités franciliennes.

Le commerce international est plébiscité. L'humanitaire aussi. Chercherait-on à quitter la France à tout prix ? Les jeunes Français, qui ont longtemps été les moins nombreux à s'expatrier, attrapent le virus de la bougeotte. On rêve de

Vegas' Strip Poker.

LSD Revolution.

voyage lointain, de venir en aide aux autres. Ou de s'en mettre plein les poches au soleil. Mais pour l'exploration tropicale tous frais payés, il va falloir persévérer un peu : les places sont rares et très techniques. De toute façon, en attendant, il faut empiler les livres, se couper du monde et revoir à la loupe les verbes irréguliers, les vecteurs et la guerre froide. En un mot, bachoter. En ligne de mire, le fameux examen qui commence par l'habituelle dissertation de philo. « Faut-il préférer le bonheur à la vérité ? » Thèse : oui. Antithèse : non. Synthèse : ben ouais, t'as vu, quoi.

Après les joies du bac, les misères de la fac ? 60 % des bacheliers s'inscrivent à l'université. Par choix ou, le plus souvent, après avoir été refusés par une filière plus sélective. Mais qu'on se rassure, les études servent surtout à ne pas devenir adultes trop tôt. On traîne, papote, s'encanaille. On profite que l'écart se soit creusé entre la fin des études et la première situation professionnelle pour chercher à s'engager, militer. À droite à gauche, on cherche sa cause. On se coiffe gentiment d'un bonnet vert-jaune-rouge-noir pour répondre à l'Appel du 18 joints. Le combat ? « *Legalize* ! »

Pour jouer à l'apôtre de la paix, on s'en roule quelques-uns qu'on fait tourner après les cours. Pourquoi tant de joints ? D'abord par curiosité, pour faire la fête. Et parce que ça rend quand même plus créatif. Si tous les fumeurs de teushi n'ont pas le talent de Rimbaud, il a le mérite de détendre l'atmosphère.

On consomme de plus en plus tôt, sans attendre le lycée pour tirer sur un joint. Douche froide pour nos parents inquiets : les déjeuners « qui roulent en boule » ne se limitent pas à un milieu social, à une situation familiale instable ou à des origines ethniques. La moitié de la classe se grille un spliff de temps en temps. Les garçons sont encore ceux qui en abusent le plus, jusqu'à avoir le chichon ronron.

Entre ennui, besoin d'indépendance et quête de soi, l'été de notre bac est celui de toutes les expérimentations. Sur le vent de liberté qui souffle dans nos veines, on greffe un défilé de « Y'a qu'à » et de « Faut qu'on ». On s'inspire de la série « Skins » et de ses « *secret parties* » pour pratiquer tous les excès et s'en mettre plein la tête. Une dernière bribe d'excitation : avant d'adopter le ton neutre et distancié des adultes, nous croyons en notre bel avenir.

L'un frisant là où l'autre lisse.

Syndrome Tanguy

À 18 ans, on n'est pas encore prêt à s'envoler du nid. Attaché à l'appartement familial comme la moule au rocher, on prend garde à ne pas s'émanciper trop brusquement. Et on entame tranquillement la période de transition entre adolescence et âge adulte. Une période, l'« adulescence », qui a tendance à s'allonger.
Pourquoi tant de flegme ? C'est d'abord devenu moins évident de prendre son indépendance. Allongement de la durée des études, difficulté à trouver un emploi et prix immobiliers prohibitifs, notamment dans les grandes villes : ce n'est pas simple de s'installer quand la bourse est vide. Et d'un point de vue purement matériel, la cohabitation est aussi assez pratique : on jouit de tout le confort d'un grand appartement, avec sèche-linge, ménage fait et frigo rempli par Papa-Maman. Résultat, dans l'Union européenne, entre 25 et 34 ans, un homme sur trois et une femme sur cinq habitent encore chez leurs parents.
En France, on appelle ça le syndrome « Tanguy », du nom de ce jeune homme de 28 ans qui, dans la comédie du même nom, sortie en 2001 et réalisée par Étienne Chatiliez, n'arrive pas à quitter le nid parental malgré ses diplômes et son salaire. Si le phénomène est de plus en plus répandu, il n'est pas complètement nouveau. De tous temps, l'amour maternel en a accroché plus d'un au domicile familial. Deux exemples parmi cent : Guillaume Apollinaire, qui a habité chez ses parents jusqu'à l'âge de 28 ans, ou Jean d'Ormesson (35 ans).

Souvenez-vous de vos **premières années...**

Nous, les enfants de...

75 titres, **de 1923 à 1997**, sont **déjà disponibles !**

Grandir à... / Notre enfance

Retrouvez la région ou **la ville** qui vous a vu grandir.

Hier et aujourd'hui

Laissez-vous entraîner dans le **passé...**

De nombreux autres titres sont en préparation.
Pour plus d'informations, retrouvez-nous sur notre site : **www.editions-wartberg.com**

Éditions Wartberg | Un département de Wartberg Verlag GmbH & Co. KG.
Im Wiesental 1
34281 Gudensberg-Gleichen
Allemagne

Diffusion – Distribution SOFEDIS
11, rue Soufflot,
75005 Paris
Tél. 01.53.10.25.25, Fax 01.53.10.25.26